COUNTY OF BRANT LIBRARY
PARIS BRANCH

JAN 18 2007

D0886178

Nous remercions le ministère du Patrimoine canadien,
la SODEC et le Conseil des Arts du Canada
de l'aide accordée à notre programme de publication

  Patrimoine   Canadian
canadien   Heritage

 Conseil des Arts   Canada Council
du Canada   for the Arts

ainsi que le Gouvernement du Québec
– Programme de crédit d'impôt
pour l'édition de livres
– Gestion SODEC.

Nous reconnaissons l'aide financière
du gouvernement du Canada
par l'entremise du Programme d'aide au développement
de l'industrie de l'édition (PADIÉ) pour ce projet.

Illustration de la couverture
et illustrations intérieures :
Michel Rouleau

Couverture :
Conception Grafikar

Édition électronique :
Infographie DN

Dépôt légal : 3e trimestre 2006
Bibliothèque nationale du Canada
Bibliothèque nationale du Québec

1234567890 IML 09876

Copyright © Ottawa, Canada, 2006
Éditions Pierre Tisseyre
ISBN 2-89051-991-0
11214

CHAUD, CHAUD, LE PÔLE NORD!

DE LA MÊME AUTEURE
AUX ÉDITIONS PIERRE TISSEYRE

Collection Papillon

La clé mystérieuse, roman, 1989.
Togo, roman en collaboration
      avec Geneviève Mativat, 1993.
Voyageur malgré lui, roman, 1996.
La folie du docteur Tulp, roman en collaboration
      avec Daniel Mativat, 2002.
Le grand feu, roman, 2004.

Collection Sésame

Dans les filets de Cupidon, roman, 1998.
Le sourire de La Joconde, roman, 1999.
Un cadeau empoisonné, roman, 2000.
Le chat de Windigo, roman, 2003.
Une sortie d'enfer!, roman, 2005.
Le père Noël perd le nord, roman, 2005.
Coup de cœur au pôle Nord, roman, 2005.

Collection Safari

Le train de la liberté, roman, 2004.

Catalogage avant publication
de Bibliothèque et Archives Canada

Boucher Mativat, Marie-Andrée, 1945-

    Chaud, chaud, le pôle Nord!

    (Collection Sésame; 91)
    Pour enfants de 6 à 9 ans.

    ISBN 2-89051-991-0

    I. Rouleau, Michel II. Titre. III. Collection:
    Collection Sésame; 91.

PS8576.A828C52 2006   jC843'.54   C2006-941055-0
PS9576.A828C52 2006

MARIE-ANDRÉE BOUCHER MATIVAT

CHAUD, CHAUD, le pôle nord!

roman

**ÉDITIONS
PIERRE TISSEYRE**

5757, rue Cypihot, Saint-Laurent (Québec) H4S 1R3
Téléphone: (514) 334-2690 – Télécopieur: (514) 334-8395
Courriel: ed.tisseyre@erpi.com

Avertissement

« Par respect pour la langue inuit, et fidèle en cela à la tradition entretenue par le revue *Études Inuit*, depuis un quart de siècle, j'ai choisi d'écrire, au singulier, un ou une Inuk et, au pluriel, les Inuit. Avec un adjectif invariable, inuit. Exemple, la langue inuit, la culture inuit. Les auteurs qui parlent la langue inuit ont tous choisi cette forme de graphie, qui diffère de celle proposée par l'Office de la langue française du Québec. » Règle proposée par l'anthropologue Saladin d'Anglure.

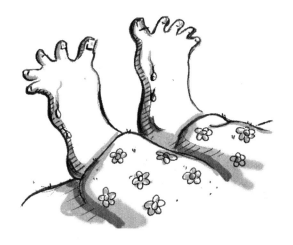

QUELLE CHALEUR !

Le printemps est arrivé. Au pôle Nord, le soleil passe la nuit blanche. Dans son pyjama fleuri, Émile Noël gigote comme une truite hors de l'eau. Il se retourne lourdement, soupire, repousse les couvertures, s'étire les orteils en éventail et lance un pied à l'extérieur du lit. Heureusement que Tatiana, son épouse, a renoncé aux draps de satin! Autrement, le vieil homme aurait déjà exécuté une triple boucle piquée vers la carpette.

— Quelle chaleur!

Mère Noël se tourne vers son compagnon.

— Qu'y a-t-il, *daragoï**?

Le père Noël déboutonne sa veste de pyjama.

— J'ai chaud!

Tatiana réprime un sourire moqueur.

— Ça doit être ton souper qui ne passe pas.

Émile Noël s'objecte vigoureusement:

— Deux bols de bortch d'été* et quelques boulettes pojarski* ne m'ont jamais empêché de dormir.

Tatiana corrige:

— Deux bols de bortch, une douzaine de boulettes pojarski et une tartine de sucre du pays arrosée de crème fraîche.

En effet, depuis son séjour dans une auberge de Sainte-Flavie, le père Noël est devenu accro aux produits de l'érable[1]. À leur retour, Tatiana a bien tenté de lui en mitonner une version arctique faite de cassonade, d'eau et d'un peu d'essence d'érable, mais Émile lui a trouvé un goût de jus de *kamik* *. Dès lors, le père Noël a pris l'habitude de commander son sucre et son sirop d'érable par caisses, à un petit producteur du Québec.

Mère Noël insiste doucement.

— Peut-être devrais-tu faire un peu plus attention à ton alimentation. Tu ne rajeunis pas, tu sais.

Émile Noël proteste avec l'énergie du gourmand menacé de se voir retirer son assiette.

---

[1] Voir *Coup de coeur au pôle Nord.*

— L'âge n'y est pour rien! J'ai toujours été vieux. On ne m'a jamais connu autrement qu'avec une barbe et des cheveux blancs.

— C'est peut-être le soleil de minuit qui te donne ces bouffées de chaleur, suggère Tatiana.

— N'exagérons rien. Le soleil a beau luire vingt-quatre heures sur vingt-quatre, pas besoin de mettre le nez dehors pour constater que la température d'ici n'a rien de commun avec celle de la Floride! Et pourtant, je suis en sueur, trempé comme une soupe.

Mère Noël réprime un bâillement.

— Essaie de dormir un peu.

— Je n'y arrive pas!

Tatiana se pelotonne sur son côté du lit.

— Enfile ton pyjama avec des moutons, d'habitude ça t'aide à t'assoupir.

— Tu n'y penses pas! Il est en flanelle de laine! Des plans pour que je meure d'hyperthermie.

Mère Noël soupire.

— *Daragoï*, tu n'exagères pas un peu?

Émile Noël s'impatiente.

— Puisque je te dis que la chaleur m'empêche de dormir.

— Détends-toi et pense à quelque chose de rafraîchissant. Tiens, compte des pingouins sur la banquise. Ferme les yeux et imagine des pingouins qui défilent devant toi pour aller plonger dans l'océan.

Plein de bonne volonté, Émile Noël se couche sur le dos. Il écarte légèrement les jambes, allonge bien les bras de chaque côté de son corps, inspire profondément et, les yeux fermés, commence à compter mentalement.

«Un pingouin, deux pingouins, trois pingouins, quatre pingouins, cinq pingouins… Seize pingouins… Trente-quatre pingouins…»

Le père Noël s'apaise. Il a l'impression qu'une brise fraîche lui caresse le front. Derrière ses paupières closes, de mignons pingouins défilent à la queue leu leu et plongent tour à tour dans l'Arctique.

«Quarante et un pingouins… Cinquante-quatre pingouins…»

Émile Noël se sent léger. Tout léger. À ses côtés, mère Noël s'est rendormie.

«Soixante pingouins, soixante et un ping…?»

Soudain, le père Noël sursaute! Parmi les oiseaux de mer qui se succèdent dans sa tête, en voilà un qui porte des verres fumés et une chemise hawaïenne.

Le vieil homme refuse de se laisser déconcentrer. Il secoue la tête et poursuit son énumération.

«Où en étais-je? Ah! Oui... Soixante-quatre. Soixante-cinq. Soixante-six!»

Le pingouin à lunettes a disparu, mais voici qu'un de ses congénères entre dans la danse, arborant autour du cou un collier d'orchidées.

— Soixante-sept pingouins, marmonne Émile Noël, en sentant la chaleur lui monter au front. Soixante-huit pingouins, articule-t-il fermement. Soixante-neuf pin...

Cette fois-ci, c'en est trop! Le soixante-neuvième pingouin est chaussé de sandales en plastique rose et tient entre ses ailes un grand verre de jus d'orange rempli de glaçons au travers desquels on a planté une paille colorée ainsi qu'un petit parasol en papier.

Le père Noël sue à grosses gouttes.

— J'abandonne!

Pour ne pas troubler le sommeil de son épouse, il quitte la chambre sur la pointe des pieds. Avec ce soleil qui brille nuit et jour, impossible de se faire une idée juste de l'heure qu'il est. Le vieillard consulte l'horloge du salon.

— Trois heures!

Le père Noël s'allonge sur le canapé. Un coussin posé sur les yeux, il tente de trouver le sommeil. En vain. Deux heures plus tard, à bout de nerfs, il enfile sa tenue de bain et sort faire trempette.

Sous le regard des phoques, le baigneur entre dans l'eau glacée et fait la planche jusqu'à ce que le froid lui morde les os. Alors, il se hisse sur la banquise. C'est là que le rejoint son petit-fils, Alexis.

— Qu'y a-t-il *diedouchka**? Quelque chose te turlupine?

Enveloppé de son peignoir, au milieu du paysage silencieux, Émile Noël observe intensément les lieux.

— Il n'y a pas si longtemps, ce trou dans la glace était tout juste assez large pour que je m'y glisse et voilà qu'il se donne des allures de piscine. C'est à n'y rien comprendre.

Le père Noël se gratte le crâne.

— Il n'y a que deux possibilités : soit j'ai beaucoup maigri, soit mon trou d'eau s'est élargi.

Alexis sourit.

— Sans vouloir te vexer, *diedouchka*, je crois que ton tour de taille n'y est pour rien.

Cette remarque taquine provoque chez le célèbre vieillard un grand éclat de rire. C'est donc en se bousculant joyeusement que grand-père et petit-fils rentrent préparer le petit-déjeuner.

TOUT VA
DE TRAVERS !

Quelques minutes plus tard, Tatiana rejoint sa petite famille à la cuisine. Malgré la nuit agitée qu'il vient de traverser, son époux semble d'excellente humeur. Sous l'œil attentif d'Alexis, il détrempe avec application de la pâte à crêpes.

— *Daragoï,* tu prends du galon! Bientôt, tu vas pouvoir me remplacer au fourneau.

Derrière la porte qui donne sur les ateliers, les lutins s'agitent. Les vacances d'hiver sont terminées. Le soleil de minuit a sonné la fin de la récréation. Tous doivent maintenant s'attaquer à la nouvelle collection de jouets pour Noël prochain.

Soudain, des cris retentissent, et Antoine bondit dans la cuisine.

— Patron, vous devez venir tout de suite!

Suivi de Tatiana et d'Alexis, Émile Noël emboîte vivement le pas au contremaître

— Que se passe-t-il?

— C'est la catastrophe!

— Mais encore? questionne le père Noël, agacé.

Antoine secoue la tête.

— Je n'ai jamais vu ça!…

Tatiana, Alexis et son grand-père retiennent leur respiration. Ils attendent impatiemment la suite.

— … Les tables à dessin ont les pieds dans l'eau.

— QUOI?!

Le lutin baisse la tête et retire son bonnet en signe d'impuissance.

— Il y a de l'eau partout!

Alexis intervient:

— Si je comprends bien, vous êtes en train de nous annoncer que le département de création est inondé.

Le petit homme est dépassé.

— C'est comme tu dis.

Au bout d'un couloir, Émile Noël et les siens découvrent l'étendue des dégâts. Le plancher est noyé sous trois ou quatre centimètres d'eau. Pieds nus et pantalons roulés aux genoux, les dessinateurs s'affairent à sauver du naufrage les tubes contenant les plans de leurs dernières inventions.

— C'est impossible! tonne le père Noël. Je fais un cauchemar. Tatiana, réveille-moi! Enfin, quoi? Nous sommes au pôle Nord! Au pôle Nord, tout est gelé!

Alexis intervient.

— Le plus urgent est de découvrir l'origine du problème.

Le chef du département se racle nerveusement la gorge.

— On a trouvé une fissure dans le bas du mur. De ce côté, la maison est adossée à un monticule de glace. Or, il semble que le glacier se soit mis à fondre. L'eau ainsi produite s'est naturellement infiltrée ici.

— Nom d'un ours blanc! aboie Émile Noël, j'ai l'impression de

nager en plein délire. Nous nous trouvons sur le toit du monde. Ici, les glaciers ne fondent pas! Ici, la glace est éternelle!

— Peu importe pour l'instant la cause de cette inondation, tranche un lutin ingénieur, l'important c'est d'agir et vite!

— Que proposez-vous? demande Alexis.

— D'abord, nous devons détourner l'eau de fonte. Ensuite, il faudra procéder au colmatage de la brèche.

Émile Noël trépigne d'impatience.

— Vous avez carte blanche.

Chaussant leurs bottes et endossant leur anorak, les lutins affectés à l'atelier de génie se ruent vers la sortie.

— Attendez-moi! ordonne Émile Noël. J'arrive.

Alexis se tourne vers son grand-père.

— Reste là, *diedouchka*, j'y vais.

Regroupés autour de la fissure, les ingénieurs tracent divers schémas sur la neige. Après un long conciliabule, certains d'entre eux reviennent dans l'atelier.

Émile et Tatiana les regardent s'emparer d'une partie de la production de tapis de plastique destinés à la glissade et de tout ce que l'atelier compte de grosses brocheuses, pour ensuite repartir d'où ils sont venus.

Derrière la fenêtre, le père Noël et son épouse guettent, intrigués, la suite des opérations. Répartis en équipes par les soins d'Antoine et d'Alexis, quelques lutins roulent les tapis dans le sens de la longueur puis les présentent à leurs collègues qui y enfoncent quelques broches. Une fois cette tâche accomplie, les assembleurs enfilent l'un dans l'autre les tubes ainsi obtenus. Rapidement, l'ouvrage s'allonge en une gouttière colorée, drainant l'eau au loin. Un dernier groupe de travailleurs s'empresse de boucher la fissure avant de regagner l'atelier.

— Bravo et merci à tous ! lance Émile Noël à ses ouvriers. Sans votre fidèle collaboration, rien ici ne serait possible. Les enfants du monde entier n'imaginent pas tout ce qu'ils vous doivent.

Mère Noël prend la parole à son tour.

— Pour ajouter aux remerciements de mon mari, ce soir il y aura une petite surprise pour chacun d'entre vous.

Tandis que les ouvriers s'affairent à nettoyer les dégâts, Tatiana retourne précipitamment à la cuisine.

C'est qu'elle a une idée en tête. Lorsqu'elle était gamine, dans sa Russie natale, le neuf mars, tous célébraient le retour des alouettes. À cette occasion, les boulangers confectionnaient des petits pains en forme d'oiseaux. Leurs ailes repliées sur leur dos étaient faites de rubans de pâte tressée, tandis que des raisins secs enfoncés de chaque côté de leur tête imitaient les yeux.

Dans un élan de reconnaissance envers les lutins, mère Noël a décidé d'adapter cette fête à la vie arctique. Toute la journée, elle pétrit, façonne et enfourne de délicieux pains en forme de soleil afin de les offrir aux ouvriers.

— Quelle savoureuse façon de souligner le retour du soleil de

minuit ! lance Alexis, au moment du souper, en mordant à belles dents dans son pain encore chaud.

Sa grand-mère éclate de rire.

— Cher Alexeï, tu es bien le digne petit-fils d'Émile.

— Et toi, *baboussia**, tu es merveilleuse !

Mère Noël rougit de plaisir.

Émile insiste.

— Alexis a raison, *daragaïa**, les lutins ont été ravis de ton cadeau.

Tatiana sourit.

— Tant mieux si cette journée s'est finalement bien terminée.

— N'empêche…, laisse tomber son époux, soucieux, tout le jour, les ingénieurs et moi avons tourné et retourné le problème dans tous les sens sans parvenir à en découvrir la cause.

— Vous y verrez peut-être plus clair demain matin. Pour l'heure, même si la nuit n'est pas tombée, il est temps d'aller se coucher.

Grâce à une tisane aux feuilles de raisin d'ours, le père Noël trouve rapidement le sommeil. Au matin, sitôt éveillé, il se glisse hors du lit avec l'intention d'aller faire une petite saucette. Il traverse le salon sur la pointe des pieds, tourne la poignée de la porte, tire… Rien. Il recommence la manœuvre. Encore rien. TOURNE! TIRE!… Toujours

rien TOURRRRRNE! TIRRRRRE!…
En vain. À bout de patience, le vieillard envoie un bon coup de pied dans la porte. Elle refuse de céder.

Au pas de course, le père Noël gagne la cuisine, traverse les ateliers, sort dehors, contourne la maison jusqu'à l'entrée. Là, il prend son élan et assène un coup d'épaule bien senti à la porte récalcitrante. La traîtresse s'ouvre subitement, envoyant son attaquant au plancher.

— Nom d'un ours blanc!

Alerté par le bruit, Alexis se précipite dans l'escalier. Il découvre son grand-père étalé au pied de la cheminée.

Émile Noël se relève et s'enveloppe étroitement dans son peignoir.

— Ça ne va pas? demande Alexis.

— C'est la porte qui m'a joué un sale tour !

En y regardant de plus près, le père Noël constate qu'une partie de sa propriété s'est enfoncée dans le sol.

— Je n'y comprends rien. Cette maison repose sur le pergélisol*. On ne peut même pas imaginer que sa structure bouge d'un poil, encore moins qu'elle donne de la gîte !

— Tu as raison, tout cela est vraiment étrange, commente Alexis en hochant la tête.

3

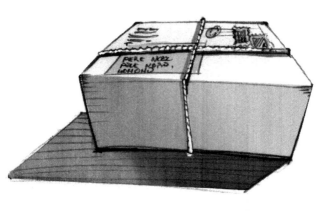

AATAMI

Un peu plus tard, après le passage de l'avion postal, le père Noël découvre un colis en provenance du Québec. Il reconnaît l'adresse de l'expéditeur.

— Tatiana! Alexis! Mes produits de l'érable sont arrivés!

Avec une précipitation toute enfantine, le vieillard ouvre le paquet. Déception. Il n'y a là qu'un amas de papiers chiffonnés au centre desquels se trouvent deux minuscules pains de sucre et quatre contenants de sirop.

— C'est tout? lance le père Noël, incrédule.

— Quelque chose ne va pas? s'enquiert mère Noël.

Avec une mine boudeuse, son époux lui désigne le colis.

— Regarde! Ça ne représente même pas le dixième de ce que j'ai demandé.

— Tu t'es peut-être trompé dans ta commande, suggère Alexis.

— Impossible! Je l'ai révisée deux fois plutôt qu'une.

Tatiana entreprend d'extraire de la boîte tous les papiers qui l'encombrent. C'est alors qu'elle découvre une enveloppe.

— Une lettre pour toi.

Émile Noël l'ouvre précipitamment.

— Cher monsieur Noël, lit-il à haute voix. Depuis quelques saisons déjà, la météo nous joue des tours. Cette année, encore, les températures printanières anormalement élevées ont écourté la saison des sucres et diminué d'autant notre production. Vous me voyez donc dans l'impossibilité d'exécuter totalement votre commande. Espérons que...

Émile Noël interrompt sa lecture.

— Vous avez entendu ça? Non mais, vous avez entendu ça? Quelqu'un peut-il me dire ce qui se passe?

Alexis intervient.

— Tu devrais peut-être aller consulter Aatami?

Émile Noël exulte.

— Aatami! Mais oui, c'est une excellente idée! Les siens étaient ici bien avant moi. Il pourra sûrement me fournir une explication.

Comme on le faisait autrefois dans son pays d'origine, avant de partir en voyage, Tatiana invite toute la famille à s'asseoir et à se recueillir quelques instants devant l'icône du salon. Puis, avec un pincement au cœur, elle regarde son mari enfourcher sa motoneige.

Son traîneau ne pouvant voler que durant la nuit de Noël, voilà déjà un bon moment que le grand-père d'Alexis a troqué les rennes pour ce moyen de transport plus rapide. C'est donc avec une immense tristesse au fond des yeux que les bêtes regardent leur maître s'élancer vers le nord.

Émile Noël se sent ragaillardi. Il le sait, cette petite virée en solitaire va lui faire le plus grand bien! Cependant, après quelques heures de route, il commence à douter de son sens de l'orientation. Droit devant, des montagnes de glace naviguent en eau libre. Pourtant, le village d'Aatami devrait s'élever là, à une centaine de mètres de la rive.

Émile Noël coupe le moteur de sa motoneige. Pendant un instant, il se laisse envahir par le silence. Nulle part ailleurs, il n'existe un silence d'une telle qualité!

Soudain, une musique tonitruante heurte les glaciers, et un paquebot de croisière surgit entre les icebergs. Des différents ponts, les touristes le saluent bruyamment.

— *Hi!*

— *Good morning!* lance à son tour un gentlemen, s'abritant du soleil sous un parapluie.

— *Guten Tag!*

— *Buenos dias!*

— *Konnichi wa!* s'écrie une petite dame aux yeux bridés.

— *Zdrastvouïti!* tonne un grand blond moustachu que le père Noël reconnaît comme un compatriote de son épouse.

— *Ciao!*

Émile Noël en a la tête qui tourne.

— Nom d'un ours blanc! Depuis quand ma banquise est-elle sur la route des vacances? Il n'y a pas si longtemps, on ne voyait ici qu'une plaine glacée qui se perdait à l'horizon.

Soudain, au milieu de tout ce tintamarre, le père Noël perçoit un bruit sec. À une trentaine de mètres devant lui, une large plaque glacée se détache de la banquise et plonge dans la mer. Le motoneigiste se rend alors compte que la glace sous ses pieds est mince. Trop mince. Dou-ce-ment, le conducteur descend de son engin et le fait pivoter sur ses patins. Avec une infinie délicatesse, il remet le moteur en marche puis rebrousse chemin sans à-coups.

Après une dizaine de minutes de route, le motoneigiste fait une pause. Il a la chair de poule et il claque des dents. Il ne dira rien à Tatiana. Pourtant, il vient d'avoir la frousse de sa vie!

— Émile, *ai**!

C'est avec un immense soulagement que le père Noël reconnaît la voix de son ami. Sur son *qamutiik**, attelé à des chiens, l'Inuk transporte un kayak.

— Aatami, vieux frère! Tu ne peux imaginer à quel point je suis heureux de te rencontrer! J'étais

en route pour ton village, mais je me suis perdu.

Le nouveau venu secoue tristement la tête.

— Rassure-toi, tu étais sur le bon chemin.

— Et pourtant… lance Émile Noël en désignant le paysage désertique.

Aatami enfonce solidement le frein de son traîneau dans la glace.

— L'an dernier, nous avons dû nous résoudre à déménager le village.

— QUOI!

Le cri alerte les chiens, qui se lancent dans un concert d'aboiements.

— Pourquoi? insiste l'époux de Tatiana.

— Le réchauffement climatique. Notre coin de pays n'est plus le même. Selon un spécialiste de l'Université du Manitoba, un certain David Barber, la banquise fond de soixante-quatorze mille kilomètres carrés par année!

Émile Noël n'en croit pas ses oreilles.

— L'an dernier, poursuit l'Inuk, le phénomène nous a rattrapés. La mer menaçait d'engloutir le village. Nous n'avons pu faire autrement

que de nous replier plus loin vers l'intérieur.

Le père Noël tourne autour de sa motoneige comme un ours en cage. Il a l'impression d'être prisonnier d'un mauvais rêve.

— Comment est-ce possible?

Songeur, l'Inuk contemple son attelage. La peau de son visage, tannée par le vent et le froid, est creusée de rides qui ressemblent à autant de cicatrices.

— La pollution. Les gaz à effets de serre ou GES. Tout vient de là. La calotte glaciaire fond sous nos pieds. Le pergélisol se ramollit. Les caribous ont changé leurs routes migratoires, car il leur est de plus en plus difficile de trouver à manger. Tu sais, Émile, ce n'est pas pour me faire remarquer que je traîne ce kayak sur mon *qamutiik*. Comme

tu as pu t'en rendre compte, les déplacements sur la banquise sont devenus imprévisibles. À tout instant, les chasseurs doivent affronter des bras de mer ou risquent de passer à travers la glace.

Un moment, Émile et Aatami s'absorbent dans leurs pensées.

— Nous voilà bien graves tout à coup, lance l'Inuk. Un peu de thé nous fera le plus grand bien.

Le compagnon du père Noël se penche au-dessus de son traîneau et en retire un petit brûleur ainsi qu'une théière.

— Dommage que Tatiana ne soit pas là. Elle aurait beaucoup apprécié prendre ce thé avec toi.

Longtemps encore, les deux amis poursuivent leur discussion.

— C'est afin de contribuer à éviter le pire que j'ai abandonné la

motoneige pour me remettre au traîneau. Nous devons tous changer nos habitudes, conclut le chasseur au moment des adieux. D'après le Fonds mondial pour la nature, si tous les humains de la terre vivaient comme nous, les Canadiens, nous aurions besoin d'environ quatre planètes pour satisfaire tout le monde !

Émile monte sur sa motoneige.

— Au revoir !

Aatami lance ses chiens sur la piste.

— Transmets mes amitiés à Tatiana et à Alexis.

Le père Noël sourit.

— Je n'y manquerai pas.

— *Assunai* !*

Rapidement, l'Inuk et ses chiens filent vers l'horizon sans fin.

L'infiltration d'eau. L'affaissement d'une partie de la maison.

Le gauchissement de la porte. Tout s'explique, songe le père Noël.

Durant le voyage de retour, les paroles d'Aatami hantent Émile Noël. Son ami l'a convaincu. Désormais, il compte livrer une lutte sans merci à la pollution. Il n'a pas envie que son trou d'eau se transforme un jour en voie maritime. Des paquebots de croisière sous ses fenêtres, très peu pour lui ! C'est décidé. Dès son retour à la maison, il remise définitivement sa moto-neige.

Tatiana accueille cette nouvelle avec joie.

— Tu vois, *daragoï*, tu devrais te fier davantage à mon instinct. J'ai toujours détesté cet engin ! Cette mécanique ne m'a jamais rien dit de bon. *Tiche iedech, dalchie boudech!* dit un proverbe de chez moi. Va lentement, tu iras plus loin.

Pour s'assurer que son époux ne revienne pas sur sa décision, mère Noël envoie aussitôt quelques lutins sous l'appentis avec mission de démonter la machine infernale.

Rapidement, la motoneige est dépouillée de son capot, de ses skis, de sa chenille et de son guidon. De leur enclos, les rennes assistent, éberlués, à la mise à mort de leur rivale. Dans leurs yeux se lit un espoir, celui de reprendre bientôt du service.

Durant le souper, Émile Noël rapporte dans le menu détail sa longue conversation avec Aatami.

— En Mongolie, les rennes sont en voie d'extinction, car la température affecte les lichens dont ils se nourrissent.

— Pas si fort! souffle Alexis. S'il fallait que ça vienne aux oreilles de

Nez Rouge, sensible comme il est, il en ferait une dépression.

Tatiana approuve d'un hochement de tête, tandis que son époux poursuit son exposé.

— Mon ami m'a appris que c'est une grande boucle de courants marins et sous-marins qui répartit la chaleur partout autour du globe. Or, il semble que la vitesse de ces courants marins ait ralenti de trente pour cent depuis cinquante ans. Si la banquise de l'Arctique continue à fondre, toute cette eau va encore ralentir la boucle et même la déplacer. Résultat ?…

En bon conteur, le père Noël marque une pause, question de prolonger un peu le suspense.

— … L'Europe pourrait se refroidir, tandis que le reste du monde se réchaufferait de plus en plus. À eux les jardins de givre, à nous les noix de coco qui vous tombent sur le crâne.

— C'est terrible, *daragoï!* Tu ne supportes pas la chaleur!

— Nous pourrions nous installer en France, suggère Alexis.

4

IL FAUT
CE QU'IL FAUT !

Émile Noël se raidit.

— C'est le territoire de saint Nicolas. Pas question que j'aille jouer dans ses plates-bandes !

— Il y a bien l'Italie, insiste Alexis, qui rêve secrètement de visiter l'Europe.

— Nom d'un ours blanc! Tu ne penses pas ce que tu dis. Moi, Émile Noël, émmigrer en Italie pour faire concurrence à la Befana! J'entends d'ici ses cris de protestations. Au mieux, on en sort sourds. Au pire... N'oublie jamais que la Befana est un peu sorcière. Je préfère ne pas y songer.

Tatiana intervient à son tour.

— Il faudrait tout de même la prévenir de ce qui la guette. Ça lui laissera le temps de se munir d'une garde-robe plus chaude et surtout de chaussures neuves.[2]

Émile Noël approuve.

— Je comptais justement lui écrire pour la convaincre d'abandonner sa fusée le vingt-quatre décembre prochain et l'inviter à faire du covoiturage avec moi. Évidemment, ma tournée serait

[2] Voir *Le père Noël perd le Nord*.

ainsi prolongée de quelques heures, mais la planète entière ne s'en trouverait que mieux.

Alexis s'accroche à ses rêves de voyage.

— Et que diriez-vous de la Russie? Tu n'aimerais pas retourner chez toi, *baboussia*?

Mère Noël sourit.

— À l'exception de ma cousine, Babouchka, je n'ai plus personne là-bas. À présent, c'est ici que je suis chez moi. Tu sais, Alexeï, mon pays, c'est là où vous êtes, ton grand-père et toi. Peu importe l'endroit où nous irons, pourvu que nous soyons ensemble.

Alexis se blottit contre sa grand-mère.

— C'est la même chose pour moi, *baboussia*.

Le père Noël tranche énergiquement.

— Nous n'irons nulle part! Je refuse de me faire déloger par la pollution. Pas question de fuir devant l'ennemi! Nous allons plutôt l'attaquer de front.

— Par quoi commençons-nous? demande Alexis.

— D'abord, il s'agit de corriger l'affaissement de la maison. Ensuite, nous allons concentrer nos efforts sur l'économie d'énergie.

Dès le lendemain, en début d'après-midi, la maisonnée se retrouve sur un pied de guerre. La chasse aux vents coulis est ouverte. Après s'être assuré que toutes les issues sont fermées, Émile Noël se met à arpenter sa demeure. Devant chaque porte, chaque fenêtre, il tend un petit bout de fil de fer auquel il a attaché un papier ultrafin. Si aucun souffle ne vient chatouiller l'instrument, le vieillard poursuit sa quête. Par contre, s'il détecte le moindre signe d'infiltration d'air, le verdict tombe.

— Calfeutrage!

Armés d'une pâte spécialement conçue, le matin même, par les lutins ingénieurs, Tatiana et son petit-fils remplissent les interstices suspects. Cette tâche accomplie, le père Noël annonce la suite du programme.

— À présent, nous allons nous attaquer à la cheminée!

Mère Noël réagit vivement.

— Tu sais comme j'aime lire au coin du feu!

Émile Noël est sans pitié.

— Telle qu'elle est, elle chauffe autant l'extérieur que l'intérieur. C'est un gaspillage inacceptable!

Madame Noël ressent un pincement au cœur.

— Tu ne comptes tout de même pas la calfeutrer aussi?!

— En un sens, oui.

Alexis fixe intensément son grand-père.

— Que veux-tu dire exactement?

— Nous allons la munir de portes en verre… Ainsi, *daragaïa*, nous sauverons de l'énergie, et tu pourras encore jouir de la vue du feu. En prenant le thé, Aatami m'a donné le nom d'un fournisseur sérieux. C'est à lui que nous allons commander des poêles à bois qui respectent les normes antipollution.

Alexis est soucieux.

— Crois-tu que ça suffira à ralentir le réchauffement de la planète?

Émile Noël lisse sa barbe.

— «Si chacun fait l'effort de pelleter devant son igloo, le village entier sera déblayé», dit un vieux proverbe arctique. Ainsi, Aatami m'a affirmé que, si on recycle une seule canette en aluminium plutôt que d'en fabriquer une nouvelle, on économise assez d'énergie pour alimenter une ampoule de cent watts pendant vingt heures! Vous vous rendez compte? En recyclant une seule canette d'aluminium, on gagne vingt heures d'éclairage!

Mère Noël est très impressionnée.

— Je n'aurais jamais pensé que d'aussi petits gestes puissent avoir autant de conséquences!

— Moi non plus, confesse Alexis.

Le soir même, madame Noël et son petit-fils distribuent des tracts à la sortie de l'atelier, invitant les lutins à faire don de leurs vieux costumes à la FMNSP, la Fondation de mère Noël pour le sauvetage de la planète, un organisme sans but

lucratif voué au recyclage des costumes de lutins. Pantalons, tuniques et bonnets usagés, précise-t-on dans la brochure, seront utilisés à bon escient.

La réponse des ouvriers ayant dépassé ses espérances, mère Noël se voit dans l'obligation de faire part de ses projets à son époux.

— Tu comprends, *daragoï*, même en comptant sur l'aide d'Alexeï, jamais je ne suffirai à la tâche. Mais, si tu consens à me céder quelques-uns de tes artisans… Avec une bonne organisation, tout sera terminé avant la haute saison de production. Le fonctionnement de l'atelier n'en souffrira pas. Promis juré!

— Ça me semble une bonne idée, commente le père Noël.

— C'EST une bonne idée, insiste son épouse.

Émile Noël ne peut faire autrement que de se rallier.

— Accordé.

Mère Noël jubile!

— *Ïa tibia lioubliou, daragoï,* je t'aime, lance-t-elle, en déposant un baiser sonore sur le crâne de son époux.

Le père Noël sourit tendrement.

— Je t'aime aussi, *daragaïa.*

C'est ainsi qu'à la pause de dix heures, mère Noël et son petit-fils font irruption dans le local des lutins couturiers. La pièce déborde de tulles, de soies et de cotonnades aux couleurs pastel. Sur un mur, les croquis des robes que porteront les poupées, la saison prochaine. Partout des rubans, des broderies et des dentelles.

Tatiana se fraie un chemin entre les tables de coupe et les machines à coudre.

— Bonjour à tous ! Je cherche des gens à l'esprit créatif, dotés d'une remarquable dextérité manuelle ainsi que d'une bonne dose de patience, et j'ai pensé à vous.

Flattés, les couturiers bombent le torse.

Alexis enchaîne.

— Il s'agit d'un projet d'une importance capitale. Votre travail contribuera à assurer la suite du monde.

Pressé d'en savoir plus, le chef d'atelier s'avance vers mère Noël.

— En quoi consiste exactement cette tâche ?

— Il s'agit de transformer vos vieux uniformes en sacs à cadeaux, évitant ainsi que des tonnes de papier d'emballage se retrouvent à la poubelle le matin du vingt-cinq décembre. Ces sacs de tissu pourront par la suite être utilisés comme sac à chaussures ou comme cabas.

Dans l'atelier, c'est la douche froide. Rubans de couturière passés autour du cou, ciseaux à la main, les lutins suspendent leurs gestes. Une terrible déception se lit dans leurs yeux. Il y a méprise. Ça n'est pas possible ! On leur demande, à eux, des artistes de la mode, des as du dé, des génies du drapé, des magiciens de l'aiguille, de transformer des culottes élimées en vulgaires poches ! Tout ça pour économiser quelques rouleaux de papier coloré?!?! Les affaires du père Noël seraient-elles en train de péricliter?

Mère Noël sent l'enthousiasme des couturiers fondre comme la banquise sous l'effet des GES. Avec toute la fougue dont elle est capable, Tatiana se lance dans une convaincante allocution. Petit à petit, les lutins se laissent gagner par son enthousiasme. Le projet peut donc démarrer.

Sur sa lancée, la grand-mère d'Alexis en profite pour apporter divers changements dans les façons de faire de l'atelier. Désormais, on favorise les matières naturelles comme la paille pour rembourrer les ours en peluche. On privilégie le bois plutôt que le plastique pour la construction des jouets. De plus, à la suggestion de son petit-fils, les préposés à l'emballage ont ordre de noyer les objets fragiles dans du maïs soufflé plutôt que dans des copeaux de styromousse.

Et Tatiana n'entend pas s'arrêter là. En concertation avec Alexis, la fondatrice de la FMNSP souhaite pousser plus loin son action. Mais, pour ce faire, elle doit avoir une discussion avec son mari.

Afin de l'amadouer, mère Noël entreprend de lui cuisiner un souper où se succèdent des classiques de la cuisine russe et canadienne. Au dessert, alors qu'Émile Noël semble particulièrement réceptif, Tatiana lance sa bombe.

— Depuis ta rencontre avec Aatami, Alexeï et moi avons beaucoup réfléchi. Nous estimons qu'un geste de plus doit être posé dans notre combat contre la pollution et le gaspillage.

— Or ce geste, enchaîne Alexis, ne peut venir que de toi.

Souriant, Émile Noël appuie ses mains sur son ventre et lance :

— Tous unis dans un même combat !

— Voilà ce que je voulais t'entendre dire, réplique Tatiana. Ainsi, tu n'as aucune objection à réduire la quantité de jouets que tu distribues.

Le père Noël sursaute comme si une guêpe l'avait piqué.

— Réduire la quantité de jouets ?! Tu veux mettre les lutins au chômage ?

Tatiana tente d'intervenir. En vain. Émile Noël est lancé.

— Et ma réputation ? Tu as pensé à ma réputation ? Les enfants du monde entier diraient que je suis un vieux radin. Qui sait vers qui ils pourraient se tourner ? Un bonhomme de neige avec un nez en carotte ? *Daragaïa,* il est des classiques auxquels on ne touche pas !

Alexis vole au secours de sa grand-mère.

— Ce que *baboussia* suggère, *diedouchka,* c'est de remplacer un jouet sur trois par un cadeau d'un genre différent. Des certificats cadeaux d'une librairie. Des billets de spectacles. Des entrées de cinéma. Une invitation au restaurant. Un abonnement à une base de plein air. Autant de présents qui allégeront ton traîneau et ne finiront pas oubliés au fond d'un placard.

Émile Noël lisse longuement sa barbe. Doigts croisés derrière le dos, Alexis et sa grand-mère attendent le verdict.

— Génial ! C'est tout simplement génial, tonne le père Noël. Je ne comprends pas pourquoi je n'y ai pas pensé moi-même! conclut-il, en enlaçant tendrement son épouse.

Vingt-quatre décembre. Derrière les portes de verre, de grosses bûches brûlent dans la cheminée. Émile Noël fait nerveusement les cent pas dans la maison. Les rennes sont attelés. Depuis le printemps, ils ont été de tous les déplacements de leur maître, aussi sont-ils dans une forme splendide pour entreprendre la tournée.

Dans le traîneau, des cadeaux glissés dans des sacs de velours aux couleurs des costumes des lutins attendent d'être distribués.

Hier soir, la Befana a finalement décliné l'invitation de covoiturage que lui avait généreusement adressée le père Noël. Pas question, a-t-elle écrit, de dépendre de qui que ce soit pour ses déplacements. Cependant, pour ne pas être en reste dans la lutte contre la pollution, la sorcière a décidé de sacrifier le confort de sa fusée, pour chevaucher de nouveau son balai légendaire. Comme quoi les traditions peuvent avoir du bon.

Au signal de leur maître, les rennes s'élancent vers la Voie lactée. Au village d'Aatami, toutes les familles sont réunies dans la salle communautaire et s'apprêtent à célébrer dignement Noël. Seul dans le froid, l'Inuk tend l'oreille. Et voilà que lui parvient un tintement de clochettes. C'est le signal qu'il attendait. Levant la tête, l'homme

sourit, met ses mains en porte-voix
et lance vers les étoiles :

— Bon voyage, Émile !

Lexique

Ai : bonjour en inuktitut.

Assunai : salut ! en inuktitut. S'emploie en partant.

Baboussia : en russe, diminutif de *babouchka*. L'équivalent de *mamie*, en français.

Bortch d'été : soupe à base de bouillon de viande à laquelle on ajoute obligatoirement de la betterave. Le bortch d'été ne contient pas de viande.

Boulettes pojarski : boulettes faites de poulet haché, de pain blanc trempé dans le lait, de beurre tiédi et de sel que l'on roule dans la chapelure pour ensuite les faire frire dans l'huile ou le beurre avant de les passer au four.

Daragaïa : équivalent russe de *chère*.

Daragoï : équivalent russe de *cher*.

Diedouchka : *grand-père* en russe.

Kamik : botte en inuktitut.

Pergélisol : sol des régions froides, gelé en permanence.

Qamutiik : traîneau en inuktitut.

TABLE DES MATIÈRES

Marie-Andrée
Boucher Mativat

Marie-Andrée Boucher Mativat est née en Mauricie. Ses souvenirs d'enfance sont faits de lacs aux plages sablonneuses, de rivières sauvages et de forêts. Marie-Andrée a aussi beaucoup voyagé pour rencontrer des enfants d'ici et d'ailleurs. Ainsi s'est-elle rendue jusqu'à Ivujivik, le village le plus au nord du Québec, sans toutefois tomber sur le père Noël… Cependant, Marie-Andrée voyage aussi dans les livres. Nombre d'entre eux l'ont menée vers la Russie qu'elle rêve de visiter un jour. *Chaud, chaud, le pôle Nord!* est né de cet amour de la nature, des enfants et de la diversité culturelle.

SÉSAME

Collection Sésame